ACTES DE LA SOCIÉTÉ PHILOLOGIQUE
TOME VI, N° 3. — DÉCEMBRE 1876

OBSERVATIONS SUR LE BASQUE

DE

FONTARABIE, D'IRUN

ETC.

PAR

Le Prince Louis-Lucien BONAPARTE

PARIS
ERNEST LEROUX, ÉDITEUR
DE LA SOCIÉTÉ PHILOLOGIQUE
DE LA SOCIÉTÉ ASIATIQUE, DE L'ÉCOLE DES LANGUES ORIENTALES, ETC.
28, RUE BONAPARTE, 28

1877

OBSERVATIONS SUR LE BASQUE

LE PUY, TYP. M.-P. MARCHESSOU, BOULEVARD SAINT-LAURENT, 23

OBSERVATIONS SUR LE BASQUE

DE

FONTARABIE, D'IRUN

ETC.

PAR

Le Prince Louis-Lucien BONAPARTE

PARIS

ERNEST LEROUX, ÉDITEUR

DE LA SOCIÉTÉ PHILOLOGIQUE

DE LA SOCIÉTÉ ASIATIQUE, DE L'ÉCOLE DES LANGUES ORIENTALES, ETC.

28, RUE BONAPARTE, 28

1877

OBSERVATIONS SUR LE BASQUE

DES ENVIRONS

DE FONTARABIE, D'IRUN, ETC.

PREMIÈRE PARTIE

Lorsque, en 1857, nous remarquions, pour la première fois, aux environs d'Irun et de Fontarabie, les formes anciennes en *aken* et en *aki* remplaçant celles en *en* et en *ai*, comme dans *gizonaken* et *gizonaki* « des hommes, aux hommes », au lieu de *gizonen* et de *gizonai*, le désir de connaître quelque chose de plus du basque de ces localités se faisait sentir en nous. Si nous avons pu nous en former une idée que nous croyons à peu près correcte, c'est grâce aux recherches que nous avons faites sur les lieux auprès des personnes du pays, peu nombreuses à dire vrai, qui seules offraient la garantie de pouvoir le parler avec le moins de mélange possible. Nous disons « possible », car, hâtons-nous de le constater, les parlers d'Irun et de Fontarabie, et surtout celui de Lezo, ont subi les atteintes les plus rudes de la part du dialecte guipuscoan, qui est celui de la province à laquelle appartiennent ces trois localités, ainsi qu'Oyarzun. En effet, le basque de Lezo est tellement affecté par celui du Guipuscoa en général, qu'il n'y a plus pour ainsi dire que les terminatifs verbaux très-caractéristiques *dut, duk, dun, duʒu, dugu, duʒute* « je l'ai », etc., pour *det, dek, den, deʒu, degu, deʒute*, plus un très-petit nombre de mots importants, tels que *deus* pour *eʒer* « rien », *eldu naiʒ* ou *naʒ* pour *nator* ou *banator* « je viens », *eldu nitʒan* pour *nentorren* ou *banentorren* « je venais », *iratʒe* pour *iñastor* ou *garo* « fougère », qui continuent, et continueront encore pour peu de temps, à attester son origine haut-navarraise septentrionale. Cette origine, d'ailleurs, est partagée par Lezo avec Fontarabie, Irun, Oyarzun, Arano et Goizueta, localités appartenant, selon nous, à un même sous-dialecte.

Larramendi avait déjà remarqué, à la p. xxx de l'avant-propos de son dictionnaire, que le basque d'Irun, de Fontarabie et d'Oyarzun participait, quant à son caractère et à son intonation, du dialecte labourdin, que cet auteur ne séparait pas du navarrais en général. Il observait aussi que, à Oyarzun, les adjectifs verbaux en *en* servant à former le futur périphrastique changeaient la syllabe finale *nen* en *in*, de sorte que ce qui, dans les deux autres localités, était *janen, edanen, emanen, egonen* « de mangé, de bu, de donné, de resté », se trouvait être, à Oyarzun, *jain, edain, emain, egoin.* Or, ces adjectifs verbaux en *en* à suffixe génitif de possession ont déjà fait place, depuis Larramendi, aux adjectifs verbaux guipuscoans en *go* à suffixe génitif de relation. C'est ainsi que, tout en conservant les terminatifs verbaux du dialecte haut-navarrais septentrional, les futurs périphrastiques *emango dut* et *emango duzute* remplacent actuellement, dans ces trois localités et à Lezo, l'ancien *emanen* ou *emain dut* et *janen* ou *jain duzute*, correspondant au guipuscoan *emango det, emango dezute* « je le mangerai, vous le mangerez ».

Cette invasion guipuscoane n'a pas eu lieu dans les localités navarraises d'Arano et de Goizueta, où l'adjectif verbal en *nen* s'est conservé dans cette dernière, tandis que la première adopte la finale en *in* autrefois en usage à Oyarzun. On entendra donc à Arano *jain due, jain duzue* « ils le mangeront, vous le mangerez », tandis qu'à Goizueta on dira *yanen dute, yanen duzute*.

Avant de nous débarrasser de la Navarre pour ne plus nous occuper que du Guipuscoa, nous croyons devoir faire les remarques suivantes : 1° Le son guttural que nous représentons par « j », est identique à celui de « j » espagnol, et il n'existe, à Goizueta, que dans un très-petit nombre de mots, tels que *jaun* « monsieur, seigneur » et *Jangoiko* « Dieu », qui se pronon-

cent exactement comme à Arano; mais le « j »,
qui est très-commun dans cette dernière localité, est presque toujours remplacé, à Goizueta, par « y », que nous employons pour ex-
primer le son palatal de « y » espagnol en *mayo*
« mai ». C'est ainsi qu'à Arano *jakiñ* « su »,
jeiki « levé », *jan* « mangé », *juan* « allé », *jan-*
tzi « habillé », *jechi* (*ch* espagnol) « descendu »,
que l'on prononce aussi *yautsi*, deviennent à
Goizueta, *yakin*, *yeki*, *yan*, *yoan*, *yantzi*,
yautsi, etc. Le parler d'Arano participe du guipuscoan plus que celui de Goizueta. 2° Les
voyelles *i* et *u* prennent assez régulièrement un
y et un (*b* continu) devant *a*, mais la permutation de *e* en *i*, ainsi que de *o* en *u* devant la
même voyelle, est loin d'être constante dans
ces deux localités. C'est ainsi que *begi* « œil »,
arpegi (Arano) et *aurpegi* (Goizueta) « visage »,
mendi « montagne », *zuri* « blanc », *gorri*
« rouge », *esku* « main », *zeru* « ciel », *buru*
« tête, donnent lieu à *begiya, arpegiya* ou *aur-*
pegiya, mendiya, zuriya, gorriya, eskuba, ze-
ruba, buruba « l'œil » etc., tandis que nous
trouvons dans nos listes, *semea, asnasea, esnea,*
atea, iratzea, karea (Arano) et *kisua* (Goizueta), *mandoa, usoa, osoa, ardoa* (Goizueta),
et *ardua* (Arano), *juan* (Arano) et *yoan* (Goizueta), *artua* (Arano) et *artoa* (Goizueta), à côté
de *pakia* (Arano) et *pakea* (Goizueta), *ichia,*
otsua (Arano) et *otsoa* (Goizueta). Ces mots
constituent le singulier articulé de *seme* « fils »,
asnase « haleine », *esne* « lait », *ate* « porte »,

irat{e « fougère », *kare* ou *kisu* « chaux »,
mando « mulet », *uso* « pigeon », *oso* « entier »,
ardo « vin », *juan* ou *yoan* « allé », *arto* « blé
de Turquie », *pake* « paix », *iche* « maison »
(non pas *eche*, *otso* « loup » etc. Il paraît donc
que la permutation de *e* et de *o* n'est qu'excep-
tionnelle à Goizuera, tandis qu'elle serait plus
fréquente à Arano. 3º La seconde et la troisième personne du pluriel du présent de l'indicatif, de l'impératif, du subjonctif et du potentiel finissent en *ue* ou en *uen* à Arano, et en *ute*
ou en *uten* à Goizueta. On a *esain* (non pas
errain) *du{ue* ou *due* « vous le direz » et « ils
le diront » au premier, tandis que *esanen du-
{ute* ou *dute* appartiennent au second. 4º L'adjectif verbal en *ko* est sujet à la perte de l'*i*, à
Goizueta, lorsqu'il finit en *rriko*, *riko* ou *siko*.
C'est ainsi que *etorko nai{* « je viendrai » remplace *etorriko nai{* d'Arano. 5º Des contrac-
tions telles que *jateut* ou *jateu{u* (Arano) et *ya-
teut* ou *yateu{u* (Goizueta) « je le mange » et
« tu le manges », pour *jaten* ou *yaten dut* et
jaten ou *yaten du{u*, sont très en usage dans les
deux localités, et *yateute* « ils le mangent » pour
yaten dute, l'est aussi assez souvent à Goizueta.
6º Les adjectifs démonstratifs d'Arano *ura*
« celui-là » et *aik* « ceux-là » sont, à Goizueta,
ure et *ayek*. 7º J'observe, dans ma liste, les
mots *arot{a* « le charpentier » et *amorraya* « la
truite », en usage à Arano, rendus par *{urgiña*
et *amorrea*, à Goizueta. 8º Parmi les autres
terminatifs verbaux et les noms verbisés, je

trouve, à Arano, *ʒera* et *ʒara* « tu es », *ʒate*
« vous êtes », *ʒiren* et *ʒiran* « ils étaient », *gi-
ñuen* « nous l'avions », *ʒiñuen* « vous l'aviez »,
ʒaigun (au lieu de *ʒagun)* « que nous l'ayons »,
ʒaʒue « ayez-le », remplacés, à Goizueta, par
ʒara (constamment), *ʒarate, ʒiran* (constamment), *genuen, ʒenuten, deʒagun, ʒaʒute.*
9° Pour « nous sommes » et « ils sont », on se
sert de *gera* et de *dira* (non pas *gara* ou *gare,*
ni *dire),* dans les deux localités.

Quant à Oyarzun, à Irun et à Fontarabie,
nous n'avons que très-peu de chose à dire sur
le premier. Nous y avons toutefois constaté,
d'une manière générale, la ressemblance de son
parler avec celui de Goizueta, et surtout avec
celui des autres localités du Guipuscoa, ses con-
génères. Le *j* guttural et le *ch* espagnol y sont
fréquents, mais le *ch* français, que nous expri-
mons par *sh,* y est rare. Les sons mouillés *ll* et
ñ y existent, et le *ty* ou *t* mouillé y est assez
fréquent, surtout à Fontarabie. Le son du *s* est
à peu près identique avec celui de la syllabe *sa*
du castillan bien parlé, tandis que le *ʒ* s'y prononce comme le *s* initial français. Le *s* basque
espagnol est un son intermédiaire entre ce dernier et le *s* basque de France. Ces localités guipuscoanes ont une intonation qui leur est parti-
culière, mais qui n'est pas exactement la même
pour chacune d'elles. — Le *ʒ* devant *t* se change
souvent en *s* dans les terminatifs verbaux, surtout à Fontarabie ; et cela a lieu quelquefois
aussi en d'autres mots et devant d'autres con-

sonnes. C'est ainsi que nous avons remarqué *dityuste* « ils les ont » pour *dituzte*, et *aispa* « sœur (de la sœur) » pour *aizpa*. — Les permutations et les additions euphoniques y ont lieu assez régulièrement, mais les mots terminés par *u* ne prennent le *b* continu qu'à Irun. C'est ainsi que *seme*, *begi*, *otso* donnent lieu à *semia*, à *begiya* et à *otsua* partout, tandis que *buru* devient *buruba* à Irun, et *burua* à Oyarzun, à Fontarabie et à Lezo. — La substitution des terminatifs exprimant le régime direct de première ou de seconde personne, à ceux qui renferment un régime indirect des mêmes personnes plus un régime direct de troisième, a lieu à Fontarábie et à Lezo, et s'étend le long de la côte jusqu'à Saint-Sébastien inclusivement, et même en Biscaye. Cet idiotisme marin ne caractérise donc aucun dialecte, car il appartient à la côte en général, et à mesure que l'on s'en éloigne, les formes correctes *eman dit* « il me l'a donné », *emango dizutet* « je vous le donnerai », *ematen ziñigun* « tu nous le donnais », etc., triomphent des formes erronées dans ce sens, *eman nau*, *emango zaituztet*, *ematen ginduzun*, qui ne peuvent régulièrement signifier que « il m'a donné » ou *dedit me*, « je vous donnerai » ou *dabo vos*, « tu nous donnais » ou *dabas nos* [1]. — La postposition *gan*, à la

---

1. En étudiant le haut-navarrais méridional, nous y avons remarqué l'idiotisme inverse de celui de la côte. En effet, *sho dida*, *dira* ou *dere*, suivant les variétés, qui correspond

guipuscoane, et non pas *baitan*, est employée dans ces localités, comme dans *gugan* « en nous », au lieu de *gu baitan*. — Le suffixe instrumental *taʒ* y remplace le *ʒaʒ* guipuscoan. Au lieu de *niʒaʒ, orreʒaʒ* « par moi, par celui-ci », on emploie *nitaʒ, ortaʒ*. — La forme causative n'y est pas, ou n'y est plus en usage, du moins parmi les personnes qui ne mêlent pas les parlers propres à chaque localité. Cette forme toutefois est fort employée dans les sous-dialectes et les variétés qui ont le mieux conservé le type du haut-navarrais septentrional. Elle est en effet très-commune à Lizaso (Vallée d'Ulzama), où l'on parle le sous-dialecte le plus caractéristique. C'est ainsi que *ʒergatik ona baite*, ou simplement *ona baite* « parce qu'il est bon », de cette localité, est rendu, à Fontarabie, par *ʒergatik ona den*. — L'adjectif verbal peut, à Fontarabie, en s'unissant au suffixe *ki*, donner lieu à des idiotismes particuliers que l'on remarque aussi en labourdin. C'est ainsi que *ark iʒaki eta nik ere bai*, et *ura juaki eta ʒu ere bai* signifient « il l'a et moi aussi », et « il va et toi aussi ». Les noms verbaux en *u* perdent, dans

au guipuscoan *jo dit* et au labourdin *yo daut* « il me l'a frappé », est employé pour *jo* ou *yo nau* « il m'a frappé ou *verberavit me*; de sorte que les terminatifs à régime direct de première ou de seconde personne ne sont pas employés par les gens de la campagne parlant certaines variétés de ce dialecte, ce qui constitue une faute au moins aussi grave que celle de la côte. (*Voyez* la troisième note du dixième tableau supplémentaire de notre « Verbe ».)

ce cas, leur consonne finale. — La seconde
personne du pluriel du présent de l'indicatif,
de l'impératif, du subjonctif et du potentiel se
termine, en général, par *ute* ou *uten*, mais les
terminaisons *ue* et *uen* peuvent être entendues
à Irun chez ceux qui demeurent près des bords
de la Bidassoa. Ces derniers préfèrent *duʒue* à
duʒute « vous l'avez », tandis que le contraire
a lieu partout ailleurs. Ce qui constitue toutefois le caractère le plus saillant du basque fontarabiais, c'est la substitution des syllabes *shia*,
chia et *shian* [1] aux syllabes *ʒue* ou *ʒute*, *tʒue* ou
tʒute, et *ʒuen* ou *ʒuten* dans les mêmes cir-
constances. Il est très-facile en effet de pouvoir entendre, à Fontarabie, *jan dushia*, *ʒa-
shia*, *ʒichia*, *deʒashian*, *deʒakeshia* pour *jan
duʒute*, *ʒaʒute*, *ʒatʒute*, *deʒaʒuten*, *deʒakeʒute*
« vous l'avez mangé, mangez-le, mangez-les,
que vous le mangiez, vous pouvez le manger ».
— Dans les noms verbisés, nous avons aussi
remarqué quelquefois une petite différence entre
le guipuscoan et l'irunais. Nous observons, par
exemple, que le guipuscoan *nik badakit, baʒe-
kiat, baʒekiñat; ik badakik, badakiñ; ʒuk ba-
dakiʒu; ark badaki, baʒekik, baʒekiñ; guk
badakigu, baʒekiagu, baʒekiñagu; ʒuek bada-
kiʒute; ayek badakite, baʒekitek, baʒekiten*
« je le sais » etc., sonne à Irun, *badakit, baʒa-*

<hr>

1. Ces terminatifs fontarabiais offrent la plus grande ressemblance avec ceux du bas-navarrais oriental au traite-
ment diminutif : *ʒashie, deʒashien*, etc.

kiyet, baẓakiñet; badakik, badakin; badakiẓu; badaki, baẓakik, baẓakin; badakigu, baẓakiyagu, baẓakiñagu; badakiẓute, ou *badakiẓue* près de la Bidassoa, et *badakishia* à Fontarabie; *badakite, baẓakityek, baẓakityen.*

Lorsque les mots irunais ou fontarabiais s'éloignent, plus ou moins, de ceux du guipuscoan général ou littéraire, on remarque qu'ils se rapprochent souvent de ceux du labourdin, qui de tous les dialectes basques est celui qui ressemble le plus au haut-navarrais septentrional, et auquel, quoique dans son sous-dialecte le plus hybride, appartiennent les parlers d'Irun et de Fontarabie. Voilà des exemples.

VOCABULAIRE IRUNAIS ET FONTARABIAIS [1]

IRUNAIS ou FONTARABIAIS	FRANÇAIS	GUIPUSCOAN	LABOURDIN
aba	*la bouche*	aoa	ahoa
aik *a.*	*ceux-là*	ayek	hek
aizatu	*gonflé*	puztu	hantu
aldera	*vers* prép.	— ontz	aldera
amaidiya *l.*	*la marraine*	amapontekoa	amachia
amorrea *g.*	*la truite*	amurraya	amorroiña *s.*
antzara	*l'oie*	antzarra	antzara
antziya	*le gémissement*	oyuska	aubena
arraba *f.*	*la fraise*	marrubia	arrega *l.*

1. Les lettres *i, f, l, o, a, g,* signifient : Irun, Fontarabie, Lezo, Oyarzun, Arano, Goizueta. Dans la colonne labourdine, *s, l, a, ainh,* signifient : Sare, Saint-Jean-de-Luz, Arcangues, Ainhoa. Lorsqu'un mot n'est pas suivi d'indication, il appartient à Fontarabie et aussi, presque toujours, à Irun. Dans la colonne française, m et *f* indiquent les traitements masculin et féminin propres au basque.

Irunais ou Fontarabiais	Français	Guipuscoan	Labourdin
arraga	*la fraise.*	marrubia.	arrega *l.*
arrobiua	*la salamandre*	arrabioa	harrubia
asaba	*le bisaïeul*	aitonaren aita	aitasoaren aita
id.	*la bisaïeule*	amonaren ama	amasoaren ama
atzeman	*saisi*	arrapatu	atzeman
nutskolorekua	*le gris*	urdiñarrea	grisa
baberuna *l.*	*le haricot*	baberruma	ilarra
badakishia *f.*	*vous le savez*	badakizute	badakizue
badakizue *i.*	id.	*id.*	*id.*
baño *i.*	*mais*	baña	bainan
bazakik	*il le sait* m.	bazekik	bazakik
bazakin	*il le sait* f.	bazekiñ	bazakin
bazakiñagu	*nous le savons* f.	bazekiñagu	bazakinagu
bazakiñet	*je le sais* f.	bazekiñat	bazakinat
bazakityek	*ils le savent* m.	bazekitek	bazakitek
bazakityen	*ils le savent* f.	bazekiten	bazakine

IRUNAIS ou FONTARABIAIS	FRANÇAIS	GUIPUSCOAN	LABOURDIN
bazakiyagu	*nous le savons* m.	bazekiagu	bazakiagu
bazakiyet	*je le sais* m.	bazekiat	bazakiat
beldurra	*la peur*	bildurra	beldurra
beñere	*jamais*	iñoiz	behinerez
besokozkua	*le coude*	ukalondoa	ukhondoa
beuden 1.	*leur* adj. poss.	beren	beren
bezala	*comme*	bezela	bezala
bildotsa	*l'agneau*	arkumea	bildotsa
birali	*envoyé*	bialdu	bidali
bisiga	*la vessie*	maskuria	bisika *l.*

1. Le changement de *r* en *ud* que l'on observe dans *beuden* pour *beren*, se présente en sens inverse dans le guipuscoan méridional. C'est ainsi qu'à Cegama ʒaude, gaude, daude (ʒaure, gaure, daure à Azpeitia) se transforment en ʒare, en gare et en dare « tu restes, nous restons, ils restent », que l'on ne doit pas confondre avec ʒare, gare « tu es, nous sommes » en labourdin (ʒa ou ʒea, ga ou gea à Cegama).

Irunais ou Fontarabiais	Français	Guipuscoan	Labourdin
biyek *nom. pl.*	*les deux*	biak	biak
chapela *l.*	*la casquette*	montera	kashketa
charki	*mal* adv.	gaizki	gaizki
charkiago	*pire*	gaizkiago	gaizkiago
chikityu	*haché*	zeatu	zehatu
chilburra *l.*	*le nombril*	chilborra,	shilkhoa
chilkua	id.	zila	*id.*
chokorra	*le jeune taureau*	zekorra	shokorra
debantala	*le tablier*	mantala	dabanta a
dela	*qu'il est*	dala	dela
den	*qui est*	dan	den
deus	*rien*	ezer	deus
dezakeshia *f.*	*vous le pouvez*	dezakezute	dezakezue
dezakezue *i.*	id.	*id.*	*id.*
dezashian *f.*	*que vous l'ayez*	dezazuten	dezazuen
dezazuen *i.*	id.	*id.*	*id.*

Irunais ou Fontarabiais	Français	Guipuscoan	Labourdin
dire	*ils sont*	dira	dire
direla	*qu'ils sont*	dirala	direla
diren	*qui sont*	diran	diren
due *a.*	*ils l'ont*	dute	due
dugu	*nous l'avons*	degu	dugu
duk	*tu l'as m.*	dek	duk
dun	*tu l'as f.*	den	dun
dushia *f.*	*vous l'avez*	dezute	duzue
dut	*je l'ai*	det	dut
duzu	*tu l'as*	dezu	duzu
duzue *i., a.*	*vous l'avez*	dezute	duzue
duzute, *i., g.*	id.	*id.*	*id.*
ebatsi	*volé, dérobé*	ostu	ebatsi
ederkiago	*mieux*	obeto	hobeki
eldu naiz	*je viens*	nator	heldu naiz
erriyua	*la rivière*	ibaya	ibaya

Irunais *ou* Fontarabiais	Français	Guipuscoan	Labourdin
errotachoriya *l.*	*le moineau*	choarrea	paretashoria *s.*
eskilla	*la cloche*	kampaya	izkila
eskuña	*le droit* adj.	eskuya	eskuina
eya	*l'étable*	okullua	heya
ezkizala	*l'ongle*	azkazala	behatza
futria	*le vautour*	puitrea	arranoa 1
gaitean	*que nous soyons*	gaitezen	gaiten *ainh.*
gaitzirua *l.*	*le huitième d'*	gaitzerua	gaitzerua
gaitzurua	*un hectolitre*	*id.*	*id.*
gara	*nous sommes*	gera	gara *s,*
garela	*que nous sommes*	gerala	garela
garen	*qui sommes*	geran	garen
garicha *l.*	*la verrue*	karecha	kalicha
garitya	id.	*id.*	*id.*

1. Le mot *arranoa*, en labourdin, s'emploie pour « l'aigle » et « le vautour ».

IRUNAIS OU FONTARABIAIS	FRANÇAIS	GUIPUSCOAN	LABOURDIN
genuen	*nous l'avions*	genduen	ginuen
genuke	*nous l'aurions*	genduke	ginuke
giltzurdiña	*le rein*	giltzurruna	giltzurrina
giñen	*nous étions*	giñaa	ginen
giñuen *a.*	*nous l'avions*	genduen	ginuen
gonazpikuak	*le jupon de dessous*	atorra 1	kotilun azpikoa
guazaita *l.*	*le beau-père (vitricus)*	ugazaita	aitazuna
guazama *l.*	*la belle-mère (noverca)*	ugazama	amaizuna
guldiro	lentement	geldiro	barache *l.*
gurrigoya	*le moineau*	choarrea	garrayoa *l.*
guziyek *nom. pl., i.*	*tous les*	guziak	guziak
ichia	*la maison*	echea	echea
iguzkiya	*le soleil*	eguzkia	iguzkia

1. En guipuscoan, *atorra* s'emploie tout aussi bien pour « la chemise de femme » que pour « le upon de dessous », ou l'espagnol *enaguas*.

Irunais *ou* Fontarabiais	Français	Guipuscoan	Labourdin
illikiya	*le tison*	illetia	ichindia
iñarrosi	*secoué*	astindu	inharrosi
iratzia	*la fougère*	iñastorra 1	iratzea
irriyua *l.*	*la rivière*	ibaya	ibaya
isteriya *l.*	*l'étable de pourceaux*	cherritegia	sherritegia
izeba 2	*la belle-mère (noverca)*	ugazama	amaizuna
jain *a.*	*de mangé*	jango	yain
jangoikomandatariya *l.*	*le papillon*	mariapampalona	yinkoarenmandataria *s.*
jarriya	*l'accoutumé*	oitua	yarria
jarrua	*le pot à l'eau*	picharra	picherra

1. Le mot *iñastorra*, malgré les raisons étymologiques de M. van Eys, signifie parfaitement bien « la fougère », à Hernani, une des localités où l'on parle le guipuscoan le plus pur. Le mot *garo*, son synonyme, est aussi du très-bon guipuscoan. Quant à *iñaze* ou *iñaz*, pour « fougère », il n'existe que dans l'imagination de M. van Eys.

2. A Fontarabie, *izeba* signifie « la tante », et aussi la « belle-mère » *(noverca)*.

Irunais ou Fontarabiais	Français	Guipuscoan	Labourdin
jaskiya	*la corbeille*	saskia	saskia
jateut *a.*	*je le mange*	jaten det	yateut
jateuzu *a.*	*tu le manges*	jaten dezu	yateuzu
jechi *a.*	*descendu*	jachi	yautsi
jeiki *a.*	*levé*	jaiki	yeki
kapelua	*la casquette*	montera	kashketa
kataburua *l.*	*le cercueil*	zerraldoa	kucha
katabuta	id.	*id.*	*id.* [1]
kazkabarra	*la grêle*	chingorra	harria.
kazkarabarra	id.	*id.*	*id.*
kisua	*la chaux*	karea	kisua
kloka	*la poule qui veut courer*	ollaloka	oilo koloka
kukusua	*la puce*	arkakusoa	kukusoa
leikua	*le haricot*	baberruma	maikola *l.*

1. En labourdin, *katabota* signifie « le corbillard ».

Irunais *ou* Fontarabiais	Français	Guipuscoan	Labourdin
loriya	*le gros adj.*	lodia	lodia
maidiña	*la marraine*	amapontekoa	amachia
maidubiya *l.*	*la fraise*	marrubia	marrubia *s.*
malda	*la côte (penchant)*	aldapa	patarra
mariguriya *i.*	*la fraise*	marrubia	marrubia *s.*
mariyanagorrigorriya	*la bête-à-Dieu*	amunamantagorria	marigorria
moskorra	*l'ivresse*	moskorrera	moskorraldia
motza	*le court*	laburra	laburra
naz *l.*	*je suis*	naiz	naz *ainh.*
nitaz	*par moi*	nizaz	nitaz
nitzan	*j'étais*	nintzan	nintzen
nitzen	id.	*id.*	*id.*
ogiya	*le blé*	garia	ogia
olatua	*la vague*	baga	baga
olentzarua	*la nuit de Noël*	onentzaroa	Eguerri gaua
olentzerua *l.*	id.	*id.*	*id.*

Irunais ou Fontarabiais	Français	Guipuscoan	Labourdin
olua	*la tempe*	loa	oloa
ollakua *l.*	*le poussin*	chitoa	shitoa
ondotik	*après*	ondoren	ondotik
orea	*le nuage*	odeya	hedoya
oreya *l*	id.	*id.*	*id.*
ortaz	*par celui-ci*	orrezaz	hortaz
osaba 1	*le beau-père (vitricus*	ugazaita	aitazuna
otarriya *l.*	*la corbeille*	saskia 2	saskia 2
oyana	*le bois (forêt)*	basoa	oihana
ozpiña *a., g.*	*le vinaigre*	binagrea	minagrea
padiña	*le parrain*	apaidiña	aitachia
pimpilipausa *f.*	*le papillon*	mariapampalona	pimpiriña
pimpilipausha *f.*	id.	*id.*	*id.*

1 A Fontarabie, *osaba* signifie « l'oncle », et aussi « le beau-père » *(vitricus)*.
2. En guipuscoan, *otarra*, et en labourdin, *otharrea*, signifient « le panier ».

Irunais ou Fontarabiais	Français	Guipuscoan	Labourdin
pimpiliposha *i.*	*le papillon*	mariapampalona	pimpiriña.
pirua	*le canard*	atea	ahatea
piztu	*allumé*	irazeki	piztu
putria *l.*	*le vautour*	puitrea	arranoa. (*Voyez* futria)
sangongillua	*le lézard (petit)*	surangilla	suaingila
sanguangilua	*id.*	*id.*	*id.*
sekula	*jamais*	sekulan	sekulan
sisa	*la teigne* (insecte)	sitsa	pipia
soña	*le vêtement*	soñekoa	soinekoa
soñua	*le bruit*	otsa	arrabotsa
sorua. (*Voyez* zelaya)	*le pré*	zelaya	soroa
tapatu	*couvrir*	estali	estali
trapasa	*la vague de la tarre*	ondarpeko baga	barrako baga
umerriya *l.*	*l'agneau*	arkumea	bildotsa
urbildu	*approché*	alderatu	hurbildu
urbill	*près*	aldean	hurbil

IRUNAIS ou FONTARABIAIS	FRANÇAIS	GUIPUSCOAN	LABOURDIN
ure *g.*	*celui-là*	ura	hura
urrutitu *l.*	*éloigné*	urrutiratu	urrundu
uztadarra	*l'arc-en-ciel*	uztargia	hortzadarra
uztarriya *l.*	*id.*	*id.*	*id.*
yakin *g.*	*su*	jakin	yakin
yan *g.*	*mangé*	jan	yan
yanen *g.*	*de mangé*	jango	yanen
yantzi *g.*	*habillé*	jantzi	yauntzi
yateut *g.*	*je le mange*	jaten det	yateut
yateute *g.*	*ils le mangent*	jaten dute	yateute
yateuzu *g.*	*tu le manges*	jaten dezu	yateuzu
yautsi *a., g.*	*descendu*	jachi	yautsi
yeki *g.*	*levé*	jaiki	yeki
yoan *g.*	*allé*	joan	yuan *a.*
zaigun *a.*	*que nous l'ayons*	dezagun	dezagun
zara	*tu es*	zera	zara *s.*

Irunais ou Fontarabiais	Français	Guipuscoan	Labourdin
zarate	vous êtes	zerate	zarate s.
zarela	que tu es	zera	zarela
zaren	qui es	zeran	zaren
zashia f.	ayez-le	ezazute	zazue
zate	vous êtes	zerate	zarate s.
zatitu	frappé	jo	yo
zatzue i., a.	ayez-les	itzatzute	zatzue
zazue i., a.	ayez-le	ezazute	zazue
zela	qu'il était	zala	zela
zelaya 1	le champ	soroa	landa
zen	il était	zan	zen

1. Les exemples de *zelai* qui en irunais signifie « champ » et en guipuscoan « pré », et de *soro* qui signifie « champ » en guipuscoan, et « pré » en irunais et en labourdin, exemples que l'on pourrait multiplier à volonté, prouvent que, dans la comparaison des dialectes d'une même langue, il faut faire valoir, pour les distinguer, non-seulement la différence des mots en eux-mêmes, mais aussi

Irunais ou Fontarabiais	Français	Guipuscoan	Labourdin
zenuen	*tu l'avais*	zenduen	zinuen
zenuke	*tu l'aurais*	zenduke	zinuke
zenuteke	*vous l'auriez*	zendukete	zinukete
zenuten	*vous l'aviez*	zenduten	zinuten
zichia *f.*	*ayez-les*	itzatzute	zatzue
zikirua	*le bélier*	aria	aharia
ziñazten *l.*	*vous étiez*	ziñaten	zineten
ziñen	*tu étais*	ziñan	zinen
ziñeten	*vous étiez*	ziñaten	zineten
ziñuen *a.*	*vous l'aviez*	zenduten	zinuten
zirela	*qu'ils étaient*	zirala	zirela
ziren	*ils étaient*	ziran	ziren
zurgiña *g.*	*le charpentier*	arotza	zurgina

celle de leur acception, et, ajoutons-nous, l'usage plus ou moins fréquent dans un dialecte que dans un autre, soit du même mot, soit de la même acception.

On a préféré, dans ce vocabulaire, de donner les noms sous leur forme articulée, pour que l'on puisse avoir des exemples soit de permutation de la voyelle finale, soit d'addition de consonne. Pour le guipuscoan et le labourdin, nous donnons, en général, un des synonymes le plus en usage du dialecte littéraire; mais on a préféré, dans quelques cas, de leur substituer ceux qui offrent le plus de ressemblance avec les irunais et les fontarabiais.

———

DEUXIÈME PARTIE

Maintenant, si, après s'être bien rendu compte
des particularités dialectales que nous venons
de faire connaître, on veut se donner la peine
d'examiner le spécimen du basque d'Irun, consistant dans la traduction du deuxième chapitre
de l'Evangile selon saint Mathieu, et que M. Vinson a publié dans la « Revue de linguistique et
de philologie comparée », t. VIII, p. 311, on
pourra facilement se convaincre que le dialecte
propre à cette localité n'y est que très-impar-
faitement représenté. M. Vinson, n'étant pas
l'auteur de ce spécimen, ne saurait être respon-
sable des inexactitudes dues au traducteur, qui
a évidemment mêlé le guipuscoan ordinaire, auquel bien des Basques d'Irun ne sont pas étran-
gers, avec le parler propre aux gens de la campagne des environs de cette localité, qui seuls
peuvent se vanter de parler l'irunais aussi peu
mélangé que possible. — Les recherches que
nous avons faites nous-même sur les lieux; cel-

les que nous y avons fait faire par des personnes
que nous avons accoutumées pendant plusieurs
années à notre méthode d'investigation linguis-
tico-comparative [1]; les nombreux spécimens,
enfin, que nous possédons en manuscrit, et qui
consistent en une grande quantité de traductions
bibliques, en vocabulaires de quelques milliers
de mots, en petites grammaires et en catéchis-
mes comparatifs, dont un présente les variétés
guipuscoanes, biscaïennes et haut-navarraises
septentrionales que l'on parle en Guipuscoa, en
autant de traductions basques, soit d'Hernani,
de Tolosa, d'Azpeitia ou de Cegama, soit de
Vergara ou de Salinas, soit enfin d'Irun, — tra-
vaux qui ont tous été faits ou rédigés avec le
plus grand soin sous la dictée des gens du pays,
et dont l'exactitude a été constatée à plusieurs
reprises par des personnes autres que les traducteurs et également compétentes — toutes ces
recherches et tous ces documents, disons-nous,
doivent nous donner le droit de soumettre avec
assurance à ceux des linguistes qui voudront do-
rénavant étudier sérieusement la dialectologie
basque, les corrections suivantes que nous met-
tons entre parenthèses [2], et dont nous croyons

---

1. Nous saisissons cette occasion pour remercier publique-
ment M. Otaegui, instituteur à Fontarabie, qui depuis plusieurs années n'a cessé de nous aider dans nos recherches.

2. Parmi ces corrections, figurent en première ligne les
permutations de *e* et de *o* finals en *i* et en *u*, ainsi que l'addition du *b* après l'*u*. De tous les caractères euphoniques
réguliers et propres à l'irunais, il n'y a que l'addition de *y*

susceptible le spécimen irunais. Quant aux appréciations de M. Vinson, lorsqu'elles ne nous paraitront pas admissibles, nous les accompagnerons d'observations à la suite de chaque verset.

I. *Jayorik bada Jesus Judako Belenen, Herodesek agindutzen zuela (zubela), ona non Mago batzuek (batzubek) etorri ziren Jerusalena eguzkiya (iguzkiya) ateratzen den aldetik, galdetuaz (galdetubaz) : Non dago arestian (arestiyan) jayo den juduen (juduben) erregea (erregia)?*

Obs. Nous ne saurions admettre, avec M. Vinson, que *dago* pour *da*, dans le sens de « il demeure », tel qu'il vient ici, et qui n'est pas celui de « il existe » sans idée locale, soit une imitation de l'espagnol. De ce que cette langue n'emploie pas la même expression pour rendre deux idées aussi distinctes que celles de « ser » et de « estar », il ne s'ensuit nullement

après *i* qui ait été respectée par le traducteur, et même en cela il n'a pas été constant. — Il ne faut pas oublier à ce sujet que le *b* euphonique est un son continu, beaucoup moins sensible que celui du *b* explosif ordinaire, ce qui est cause qu'il passe souvent inaperçu chez les personnes qui n'ont pas l'habitude des appréciations phonétiques. Il en est de même de l'*i* et de l'*u* dérivés d'un *e* ou d'un *o*, qui tout en restant bien *i* et *u* plus qu'autre chose, ne reçoivent pas l'emphase de l'*i* et de l'*u* qui appartient aux mots naturellement finis en ces voyelles et qui exigent l'*y* ou le *b* euphoniques.

que le basque ait emprunté à d'autres l'usage
logique de ces deux mots. C'est au contraire,
selon nous, l'influence française qui, tout en
n'ayant pas été assez puissante pour éliminer
egon des dialectes basques de France, l'a été
assez toutefois pour en corrompre l'usage pri-
mitif qui, après tout, doit s'être mieux conservé
en Espagne qu'en France, où le basque a été
importé par des habitants de la Péninsule. —
Les dialectes basques espagnols, d'ailleurs, font
encore usage de *dago*, etc., dans un sens imper-
sonnel qu'ils ne peuvent avoir emprunté à l'espagnol qui l'ignore. Pour « il y a de l'eau », par
exemple, on peut dire, en guipuscoan, *badago
ura*, ce qui, en espagnol, ne saurait se rendre
par « ya está agua », mais par « ya hay agua ».

II. *Zergatik guk ikusi dugu eguzkiya
(iguzkiya) ateratzen den aldean (aldian) aren
izarra, eta etorri gara adoratzeko asmoakin
(asmuakin).*

III. *Herodes erregeak (erregiak) au aditu
zuenean (zubenian), ikaratu zen, eta berarekin
Jerusalena (Jerusalen) guziya.*

IV. *Eta apaizaken prinzipeaki (prinzipiaki)
eta erriko erakustzalleaki (erakustzalliaki)
deitu ta, galdetzen zitien (ziren) non jayo bear
(biar) zuen(zuben) Kristok.*

Obs. Que *zitien* signifie « il les avait à eux »,

personne ne voudra le contester à M. Vinson, mais il y a lieu de s'étonner qu'il n'ait pas remarqué la faute du traducteur, qui emploie un terminatif à régime direct pluriel au lieu d'en employer un à régime direct singulier. C'est donc *ҙiyen* « il l'avait à eux » qu'il faut.

V. *Zeri oyek erantҙun ҙioten (ҙiyoten) : Judako Belenen : bada orrela dago eskribitua (eskribituba) Profetan :*

VI. « *Eta ҙu, Belen, Judako lurra, etҙera (etҙara) noҙkiro Judako ҙiudade aundiyetalik tchikiyena, ҙergatik ҙugandik da nondik atera bear (biar) duen (duben) Israelgo nere erriya gobernatu bear (biar) duen (duben) burua (buruba)* ».

Obs. 1. Nous ne pouvons admettre que *gandik* soit un renforcement de *ganik*. C'est *ganik* qui est un affaiblissement de *gandik*, et la raison en est évidente. En effet, *gandik* n'est que *gan*, plus le suffixe *tik* dont il a la signification. Pour dire « il vient du père », on dira, en guipuscoan, *aita gandik dator*, comme pour « il vient de l'église », *eliҙatik dator*. Le suffixe *tik*, changé en *dik*, comme dans *nondik* « d'où », *nuntik* en souletin, est donc contenu en *gandik*, ni plus ni moins que *gana* « à » et *ganontҙ* « vers » renferment les suffixes *a* (pour *era*) et *ontҙ* (pour *erontҙ*) dont ils ont exactement le sens; la seule différence entre *gandik* et *tik* ne

consistant que dans l'emploi exclusif du premier
avec les êtres raisonnables. Si donc les dialectes
de France et de la Navarre espagnole pèchent
d'inconséquence en admettant *ganik* au lieu de
gandik sans admettre *nonik* au lieu de *nondik*,
cela ne peut être que parce que *ganik* est une
forme malade, un affaiblissement de *gandik*.
Ces mêmes dialectes, du reste, ont aussi cor-
rompu le suffixe *tik*, en le changeant en *rik*,
soit à l'indéfini, soit au pluriel. C'est ainsi
qu'aux formes originelles guipuscoanes et biscaïennes *buruetatik*, etc. « des têtes », ils ont
substitué les véritables spécimens de pathologie
linguistique *buruetarik* et, à l'indéfini, *buruta-
rik* « de tête ».

2. Lorsque M. Vinson nous dit que dans
atera bear duen « qu'il a besoin de sortir »,
atera est un radical simple, tandis que dans
gobernatu bear duen « qui a besoin de gouver-
ner », *gobernatu* est un participe passé, il ou-
blie qu'il y a des noms verbaux qui, même à
ce qu'il appelle « le participe passé », finissent
naturellement en *a*, en *e* ou en *o*, tels que *atera*
« sorti », *erre* « brûlé », *ito* « noyé »; car, s'il
n'en était pas ainsi, il serait erroné (ce qui n'est
pas) de dire *erre dut* « je l'ai brûlé », au lieu
de *erretu dut*. La vérité est que de même que
les noms verbaux en *n* ne distinguent pas entre
l'adjectif verbal et le radical, de même il y a
d'autres noms verbaux, parmi lesquels *atera*,
qui se trouvent ou qui peuvent se trouver
dans le même cas. Nous disons « peuvent »,

car il importe fort peu que *ateratu* puisse, lui
aussi, être employé comme adjectif verbal. On
peut donc dire *atera* ou *ateratu naiʒ* « je suis
sorti », et *atera dedin* « qu'il sorte », ainsi que
yan dut « je l'ai mangé », et *yan deʒan* « qu'il
le mange », quoique, en France, l'on soit forcé
de dire à l'indicatif *ikusi dut* « je l'ai vu », et
au subjonctif *ikus deʒan* « qu'il le voie », et
ainsi de beaucoup d'autres noms verbaux ayant
toujours, ce qui n'arrive pas avec *atera,* un radical distinct. Quant au *atera* de ce verset, il
ne peut être qu'un adjectif verbal, ni plus ni
moins que le *sorthu* du *sorthu behar-tʒen*
« qu'il était besoin naître » du verset 4 du spécimen d'Ustaritz.

3. Ce qui choque le plus dans ce verset,
c'est *ʒergatik ʒugandik da nondik atera bear
duen.* Cette tournure est tout à fait française;
et ce qui prouve qu'elle n'est pas celle qui con-
vient à la traduction de la phrase, purement
affirmative, *ex te enim exiet* « car de toi sor-
tira » de la Vulgate, c'est le soin que les traducteurs français eux-mêmes ont mis à éviter cet
affreux gallicisme en basque; quoiqu'ils eussent
été plus pardonnables que le traducteur espagnol d'Irun de s'être laissé influencer par la
tournure française « car c'est de toi que sor-
tira ». La traduction protestante qui a servi
de base au spécimen d'Ustaritz, emploie bien
cette tournure, mais le traducteur basque français n'y a pas été pris, car c'est ainsi qu'il traduit : *eʒen hitaik atheatuko 'uk,* et non pas

eʒen hitaik duk nundik atheatuko den. Liçar-
rague porte de même : « ezen hireganik ilkiren
duk », et non pas *eʒen hireganik duk nondik
ilkiren den.* Il en est de même de tous les traducteurs basques de n'importe quel dialecte, et
quelque texte qu'ils aient adopté. Nous croyons
donc qu'il faut absolument : *ʒergatik ʒugandik
atera bear du,* pour « ex te enim exiet ».

VII. *Orduan (orduban) Herodesek deiturik
isillik Magoaki (Maguaki), jakindu ʒuen (ʒu-
ben) ayetatik kontu aundiyakin ʒen demboretan
agertu ʒitʒaʒkiyen (ʒitʒayen) iʒarra.*

Obs. M. Vinson se trompe en admettant que
ʒitʒaʒkiyen puisse signifier « qu'il était à eux ».
Le traducteur aurait dû dire *ʒitʒayen,* puisque
le sujet *iʒarra* « l'étoile » est au singulier, et
que *ʒitʒaʒkiyen* ne peut signifier que « qu'ils
étaient à eux ».

VIII. *Eta Belena biralirik esan ʒien (ʒiyen) :
Zoaʒte (ʒuaʒte), eta jakin ʒaʒute ʒuʒen ʒer den
aur ortaʒ, eta arkitʒen deʒutenean (duʒute-
nian) abisatu naʒaʒute, ni ere juan nadin eta
adoratu deʒadan.*

Obs. Que *esan* « dit » soit une variété de
erran, est aussi exact que *dicere* latin soit une
variété de *dire* français. Nous ne saurions assez protester contre cette mauvaise habitude de
conclure du basque de France ou de Navarre

au guipuscoan et au biscaïen. C'est le contraire
qui devrait avoir lieu, car les dialectes basques
de France ne s'étant formés que de ceux de la
Navarre espagnole, et le guipuscoan et le biscaïen ayant toujours été considérés comme
les plus anciens et les plus importants de tous
les dialectes basques, c'est bien de ceux-ci qu'il
faudrait conclure à ceux-là, à parité de circons-
tances. Nous dirons donc que *erran* est une
variété de *esan*.

IX. *Erregeri au aditu beʒin laister, juan
ʒiren, eta ona non eguʒkiya (iguʒkiya) aterat-
ʒen den aldean (aldian) ikusi ʒuten iʒarra beuden aurretik ʒijoala (ʒijuala), ʒeña allegaturik
aurra ʒegoen (ʒeguen) tokien (tokiyen) parera
geldilu baitʒen (ʒen).*

Obs. 1. Il n'est pas exact de dire que *ʒijoala*
présente une prolongation initiale. Dans *ʒijoala*
« qu'elle allait », nous avons la forme que
nous appelons « conjonctive » (« positive » chez
M. Inchauspe) de *ʒijoan*, et celui-ci, ainsi que
ʒijoala, n'est autre que le nom verbisé *joan*
« allé ». Or, le *j* est partie intégrante du thème,
ce qui est cause que l'on ne peut pas le considérer comme une prolongation, quoiqu'il soit
parfaitement vrai que les adjectifs verbaux com-
mençant par *j* (*y*, *i* selon les variétés) perdent
en général cette lettre initiale lorsqu'ils se ver-
bisent.

2. La forme causative, contrairement à ce

que dit M. Vinson, existe dans les deux dialectes navarrais espagnols, d'où elle a passé en
France, et c'est probablement sous l'influence
du guipuscoan que par exception elle ne se
trouve plus ni à Irun ni à Fontarabie, du moins
chez les personnes qui s'en tiennent au parler
exact de leur localité.

X. *Iᴢarra ikusirik atsegiñ aundi bat artu
ᴢuten :*

Oʙs. Ce que nous connaissons du fontarabiais, nous permet de soupçonner que *poᴢ*
« joie », plutôt que *atsegiñ*, puisse dans ce cas,
être le mot propre à Irun.

XI. *Eta itchean (itchian) sartu ta arkitu
ᴢuten aurra bere amarekin, eta belaunikaturik
adoratu ᴢuten, eta beuden kofriak irekirik
eskeñi ᴢioᴢten (ᴢiyoᴢten) urreᴢko, inᴢensoᴢko
eta mirraᴢko erregaluak.*

XII. *Eta ᴢerutik erreᴢibiturik abiso bat
ametsetan etᴢitezen itᴢuli Herodesen gana,
juan ᴢiren beuden errira beᴢte bide batetik.*

XIII. *Ayek andik juan ᴢirenean (ᴢirenian),
Jaunaren aingeru bat agertu ᴢitᴢayon ametsetan Joseri esaten ᴢiolarik (ᴢiyolarik) : Altcha
ᴢaiteᴢ, ar ᴢatᴢu aurra eta aren ama, eta itᴢuri
egin ᴢaᴢu Ejiptora, eta an ᴢaudeᴢ nik abisatu*

*arte ; zergatik Herodes ibilliko da aurraren
billa iltzeko.*

XIV. *Josek alchatu ta, artu zuen (zituben)
aurra eta bere ama gauaz (gabaz), eta erretiratu zen Ejiptora,*

XV. *Non egondu zen Herodes ill arteraño,
eta ala kumplitu zen Jaunak esan zuena (zu-
bena) Profetaren auatik (abatik) : Nik deitu
nion (niyon) Ejiptokoa (Ejiptotik) nere semeari
(semiari).*

Obs. Le traducteur de la Vulgate n'a pas du
tout saisi le sens de *ex Ægypto* qui ne signifie
pas « celui d'Egypte », mais tout simplement
« d'Egypte ». Il faut donc *Ejiptotik,* au lieu de
Ejiptokoa.

XVI. *Biembitartean (biyembitartian) Herodesek ikusi zuenean (zubenian) burla egin zio-
tela (ziyotela) Magoak (Maguak), aserratu zen
oso, eta agindu zuen (zuben) iltzeko Belenen
eta onen (ontako) inguruko errietan (er-
riyetan) bizi ziren bi urtez betiko seme guziyek,
izarra agertu zen demboraren konformida-
dean (konformidadian) zeña jakin baitzuen
(zuben) Magoakandik (Maguakandik).*

Obs. 1. Nous n'admettons pas le moins du
monde que les dialectes basques espagnols
n'aient pas le suffixe actif pluriel en *ek.* Le dia-

lecte haut-navarrais méridional en fait un usage
aussi fréquent qu'en France, où c'est bien d'Espagne, après tout, qne ce suffixe s'est introduit.
Le guipuscoan et le biscaïen l'ignorent, et il en est
de même du haut-navarrais septentrional pour
ceux qui préfèrent de considérer le baztanais,
qui le possède, comme un sous-dialecte du labourdin. (*Voyez* la p. 4, qui précède les ta-
bleaux préliminaires de notre « Verbe ».) Quoi
qu'il en soit, il n'est pas moins vrai que le suffixe
actif pluriel en *ek* s'étend, au midi, depuis la
frontière française jusqu'aux environs de Pam-
pelune. Quant à Irun et au dialecte haut-navarrais septentrional en général, ce suffixe n'y exis-
tant pas, *Magoak,* et non pas *Magoek,* est bien
ce qu'il faut.

2. Il paraîtrait que M. Vinson donne le nom
de « conjonctive » à la forme verbale en *n* que
nous appelons « relative », et M. Inchauspe
« exquisitive ». Nous donnons, au contraire, le
nom de « conjonctive » à la forme verbale en *la*
que M. Inchauspe appelle « positive », et qui,
ayant souvent lieu dans ce spécimen, devrait
aussi être qualifiée d'un nom quelconque par
M. Vinson; de même qu'il qualifie, d'après
nous, de « causative » celle que M. Inchauspe
appelle « incidente ». Nous disons « un nom
quelconque », car nous n'attachons qu'une im-
portance très-secondaire à ce que l'on adopte
une dénomination plutôt qu'une autre, mais
nous en attachons une très-grande à ce que le
même auteur emploie toujours dans le même

sens la dénomination qu'il a adoptée. Nous attendrons donc, pour savoir si nous devons critiquer l'expression de « forme conjonctive employée relativement », qualification que M. Vinson applique au mot *ʒiren* de ce verset, qu'il veuille bien nous renseigner sur les caractères morphologiques de la forme relative telle qu'il l'entend, comme il nous a déjà renseigné sur ceux de sa forme conjonctive.

XVII. *Orduan (orduban) ikusi ʒen kumplitua (kumplituba) lenagotik Jeremias (Jeremiyas) profetak sumatu ʒuena (ʒubena) esanaʒ :*

XVIII. *Ramaanen (Raman) ere aditu ʒiren ojuak (ojubak), negar asko eta agiak (agiyak) : Rakel da bere aurraʒ negar egiten duena (dubena), konsolatu nai eʒik, ʒergatik eʒ diren biʒi geyago.*

OBS. 1. *Ramaanen* « dans Rama » fait supposer que le thème est *Ramaan* ou *Ramaane*, ce qui n'est pas. Le nom de cette ville étant *Rama*, il faut donc bien *Raman*, et non pas *Ramaanen*.

2. M. Vinson nous dit qu'il n'y a pas de mot simple pour « pleurer ». Soit, mais il y a bien toutefois en guipuscoan, et nous soupçonnons fort qu'il en soit de même à Irun, un mot simple pour « action de pleurer » qui est *negar* (*nigar* est labourdin), et d'où l'on a formé *ne-*

gar egin « pleurer » ou « faire action de pleurer ». Quant aux larmes matérielles, à celles
qui consistent en gouttes que l'on peut compter
l'une après l'autre, on les nomme en guipuscoan *malkoak*, que l'on traduit en espagnol par
« las lágrimas », ou bien *negar malkoak*, qui
se rend mot à mot par « las lágrimas de lloro ».
Cela prouve jusqu'à l'évidence que *negar* signifie « lloro » ou « action de pleurer », et
malko ou *negar malko* « lágrima » ou « larme ».
Que les dialectes de France, sous l'influence du
français, ne distinguent pas, par un mot simple,
entre « larme » et « action de pleurer », cela ne
peut empêcher l'existence de cette distinction en
Espagne. C'est donc « faire action de pleurer »
ou « hacer lloro » qui rend beaucoup mieux que
« faire larme » le *negar egin* du basque, langue qui n'est pas si dépourvue d'expressions pour
tout ce qui n'est pas absolument matériel,
comme on nous le chante depuis assez long-
temps sur tous les tons.

XIX. *Gero Herodes ill ondoren, Jaunaren
aingeru bat agertu zitzayon Joseri ametsetan
Ejipton esaten ziolarik (ziyolarik) :*

Obs. Est-ce que *ondotik*, à la labourdine,
comme cela a lieu aussi à Fontarabie, ne serait-
il pas plus propre que *ondoren* « après », même
au parler d'Irun?

XX. *Alicha zaitez, eta ar zatzu aurra et*

*aren ama, eta ʒoaʒ (ʒuaʒ) Israelgo lurrera,
ʒergatik ill dire aurrari biʒiya kendu nai ʒio-
tenak (ʒiyotenak).*

Obs. *Zergatik,* au verset 18, avec le verbe
simple, régit ici la forme relative (conjonctive de
M. Vinson). Sa remarque est juste, mais l'ex-
plication de cette irrégularité apparente aurait dû être donnée par lui. En effet, cer-
tains dialectes basques distinguent, tandis que
d'autres ne jouissent pas de l'avantage de distinguer entre « parce que » et « car ». Lorsqu'on
traduit du latin, et que l'on tient à être aussi lit-
téral que l'usage de la langue dans laquelle on
traduit le permet, il faut rendre, autant que
possible, *quia,* selon les dialectes, par *ʒergatik*
ou *ʒeren* régissant la forme relative, forme que
M. Vinson aime (comme il en a bien le droit) à
nommer conjonctive; à moins toutefois que l'on
ne préfère, — ce qui est réellement préférable, —
la résolution par le double suffixe *lako* ou par
le triple *lakotʒ,* et même *lakotʒat,* selon les variétés. Que si, au contraire, c'est de rendre
enim qu'il s'agit, on doit se servir de *eʒen,* ou
de *eʒik,* ou de *ordea,* ou, enfin, de *ʒergatik*
sans régime de forme relative, selon que le dialecte emploie l'un ou l'autre des premiers trois
mots, ou qu'il distingue ou ne distingue pas
entre *quia* et *enim.* Quelle que soit d'ailleurs la
manière que le traducteur adopte, il est bien
certain que le *ʒergatik* irunais suivi de la
forme relative est le seul qui corresponde au

ʒeren ou au ʒerengatik labourdin « parce que »,
tandis que le même ʒergatik irunais sans régime de forme relative ne rend que le labourdin
eʒen « car ». Nous croyons donc qu'aux ver-
sets 2, 6, 13, 20 le traducteur a bien rendu le
enim du texte latin par ʒergatik non suivi de la
forme relative, et qu'au verset 18 il a eu raison
aussi de traduire le *quia* du même texte par ʒergatik suivi de cette forme. Le spécimen d'Ustaritz où l'on parle un dialecte qui distingue par
un mot différent *enim* de *quia*, confirme en tout
point ce que nous venons de dire.

XXI. *Josek altchatu ta, artu ʒuen (ʒitu-
ben) aurra eta aren ama eta etorri ʒen Israelgo lurrera.*

XXII. *Baño aditurik Arkelaok agintʒen ʒuela
(ʒubela) Judean Herodes bere aitaren ordeʒ,
iʒulu ʒen ara juatera : eta abisaturik ametsetan
erretiratu ʒen Galileako lurrera.*

XXIII. *Eta etorri ʒen biʒitʒera Naʒaret ʒe-
ritʒayon uri (erri) batera ; modu artan kum-
plitʒen ʒelarik Profetaken esana : Iʒango du
(da) Naʒareno deitua (deituba).*

Obs. Le mot *uri* « ville » est du biscaïen tout
pur, et n'appartient ni au guipuscoan, ni à l'i-
runais. En labourdin et dans le navarrais espagnol, on dit bien en général *hiri* ou *iri* pour
« ville », mais Irun et Fontarabie ne se trouvent

pas dans ce cas. Le mot *erri* s'y emploie tout
aussi bien pour « village », que pour « bourg »
ou pour « ville »; mais si l'on tient à distinguer,
c'est de *ʒiudade* que l'on se sert.

Nous finirons par faire les vœux les plus sin-
cères pour que les autres spécimens de variétés
dialectales basques que M. Vinson se propose
de nous donner, soient : 1° plus exacts que celui d'Irun, quant à la représentation du dialecte;
2° moins en opposition, tout en respectant autant que possible la littéralité, avec celles des rè-
gles de la grammaire basque qui sont observées
par n'importe quel dialecte; et enfin, 3° aussi
semblables que l'habileté des traducteurs futurs
le permettra, au spécimen d'Ustaritz publié
dans la même Revue, t. IX, p. 76, et sur le-
quel nous ne trouvons presque rien à redire.
Quant aux notes dont M. Vinson a fait suivre ce
dernier spécimen, elles nous paraissent donner
moins lieu à la critique que celles du spécimen
d'Irun.

Londres, 6 Norfolk Terrace, Bayswater, le 20 décembre 1876.

Louis-Lucien BONAPARTE.